RÉPONSE

A MONSIEUR ***

SUR LES SENTIMENS DU SPECTATEUR FRANÇOIS,

AU SUJET

D'INÈS DE CASTRO,

Tragedie de M. de la Motte.

A PARIS,

Chez JEAN-BAPTISTE MAZUEL, sur les dégrez de la Sainte Chapelle, au Voyageur.

M. DCC XXIII.

RÉPONSE

A MONSIEUR ***

Sur les Sentimens du Spectateur François, au sujet d'Inés de Castro, *Tragedie de M. de la Motte.*

MONSIEUR,

Je vous suis trés-obligé de m'avoir envoyé les Sentimens du Spectateur François, sur la nouvelle Tragedie d'Inés de Castro. Je vous avouërai, cependant, que je n'en ai esté nullement satisfait, n'ayant pas trouvé qu'ils ré-

pondissent à l'idée que je m'en étois formée.

Je m'imaginai, aux premieres lignes
de cette brochure, que j'allois lire une
Critique selon mon goût ; c'est-à-dire,
sans passion, sans invective, telle que doit
estre cette sorte d'ouvrage proposé pour
servir de lumiere au Lecteur ; mais je
fus étrangement surpris de trouver
une forme de libelle plûtost qu'une Critique.

Ce Spectateur qui met toute son oc-
cupation à étudier les hommes & à re-
cüeillir leurs pensées, me paroist ne
s'estre pas trop attaché à connoistre les
sentimens du cœur ; tout glorieux de
sçavoir que l'harmonie & l'élegance
sont utiles à la Poësie, il en remplit sa
Prose, sans s'embarasser du secours de la
raison.

L'ironique analyse qu'il fait de la
Tragedie d'Inés de Castro, montre bien
qu'il n'est pas spectateur désinteressé.

Mais sans vous repeter son plan, puis-
que vous l'avez lû, souffrez, Monsieur,
que je vous rappelle en abregé ce trait
de l'Histoire de Portugal, pour vous

faire convenir de l'art & de la maniere ingenieuse avec lesquels Monsieur de la Motte a soutenu ses caracteres, & a rendu propre au Theâtre, une avanture qui a fait l'étonnement de l'Univers.

Don Pedre fils d'Alphonse Roy de Portugal, avoit épousé Constance Princesse de Castille, du vivant de laquelle il devint amoureux d'Inés de Castro, fille d'une naissance illustre : Dans le cours de leurs amours la Princesse mourut, & Don Pedre de qui le temperamment vif & petulent rendoit l'amour encore plus ardent, épousa Inés secretement.

Inés qui ne connoissoit point d'autre ambition que celle de plaire au Prince, passoit la plus grande partie de sa vie à Coimbre où il se rendoit presque toutes les nuits ; il en eut plusieurs enfans qui furent élevez avec soin, sans que l'on connût leur naissance, Don Pedre voulant attendre que la mort d'Alphonse qui estoit déja vieux, le mît en estat de rendre à Inés les honneurs que son amour & sa vertu attendoient de lui.

Cependant, la retraite de cette Dame, & l'indifference du Prince pour toutes les femmes, firent soupçonner au Roy une partie de la verité ; & pour rompre une intrigue qui allarmoit sa politique, il proposa à Don Pedre une seconde alliance qu'il refusa autentiquement.

Alphonse persuadé que le Prince ne lui resistoit que par l'attachement qu'il avoit pour Inés, assembla son Conseil secret & demanda l'avis des Grands sur la façon dont il devoit agir avec son fils, son courroux le persuadant qu'il pouvoit, le contraindre à de secondes nôces, ou le faire arrester.

Les Grands ne lui conseillerent ni l'un ni l'autre, mais lui firent entendre qu'il faloit se défaire d'Inés ; & que lorsque le Prince n'auroit plus l'objet de sa passion devant les yeux, il seroit plus soumis. Alphonse par une foiblesse sans exemple consentit tacitement à la perte d'Inés, & deux des principaux du Conseil se chargerent de l'execution du projet: Ils furent à Coimbre, un jour que Don Pedre étoit à la chasse, & firent massacrer Inés par les Satellites dont ils

s'étoient fait suivre ; Cette Princesse in-
fortunée n'ayant auprès d'elle qu'une
inutile trouppe de femmes, qui ne pû-
rent opposer que des cris & des pleurs
à ses barbares assassins.

Le Prince de retour de la chasse, vole
à Coimbre croyant avoir esté éloigné
d'Inés une année entiere, quoi qu'il
n'en eût esté absent qu'un jour. Quel
funeste spectacle ! pour un homme ardent, fougueux, & dont l'hymen ne
fait qu'augmenter l'amour ; il n'hesite
point à voir d'où part le coup, il recon-
noist les ordres du Roy dans ce meurtre
affreux ; le refus qu'il lui a fait de prendre un nouvel engagement, ne lui don-
ne pas lieu d'en douter ; il court à la
vengeance, assemble ses amis & se fait
un parti assez fort pour déclarer la
guerre à son Pere & le contraindre à
demander la paix.

Le Prince l'accorde, à condition que
les boureaux d'Inés subiront dans les
supplices la peine de leur crime. On
pose les armes, le Roy pardonne, & le
Prince rentre en grace : mais Alphonse
ne se presse pas d'accomplir sa promesse.

& Don Pedre suivant les conseils de quelques amis, cache son ressenti-ment, attendant un moment favora-ble pour le faire éclater. Le Roy meurt, & le Prince heritier de l'Empire, fait revivre sa douleur & sa rage, en fai-sant voler les Têtes de ceux qui ont assassiné Inés.

Il porte même sa fureur sur toutes leurs familles; & conservant son amour au-delà du tombeau, il fait tirer Inés du sien, fait orner son cadavre des ha-bits Royaux, la fait couronner Reine, l'épouse publiquement, & fait reconnoî-tre ses Enfans pour ses legitimes Suc-cesseurs.

Action qui le fit surnommer le Cruel par les descendans de ceux qu'il avoit fait mourir, & le Justicier par toute la terre.

En voilà assez, Monsieur, pour jus-tifier le caractere de violence que Mon-sieur de la Motte a donné à Don Pedre, ou pour mieux dire, qu'il lui a conservé; il a eû l'art de nous offrir tous les Eve-nemens de l'Histoire sous une forme

theâtrale , fans rien changer des fituations , que les chofes qui ne pouvoient
s'accommoder à la Scene.

Voyons prefentement fi le Spectateur
a raifon dans ce qu'il blâme. Pour donner un champ libre à fon ironie, il ac-
cufe le Prince d'imprudence en avoüant
fon amour pour Inés , cet aveu la met-
tant, dit-il, en peril de la vie. Hé ! quel
eft le danger que cela lui peut faire cou-
rir ? Il avoüe bien qu'il aime Inés , mais
il ne dit pas qu'elle eft fa femme.

Cette partie de fon fecret ne met que
lui dans le peril ; Inés n'eft point encore coupable , quoi qu'elle foit aimée.
Lorfqu'elle le veut nier , ce n'eft point
par la crainte du peril qu'elle court , ce
n'eft que celui de fon Epoux qui la force à cacher une paffion qui fait tout fon
bonheur : C'eft à fon amour timide à fe
taire ; mais c'eft à celui du Prince d'é-
clater.

Ne défavoüés point Inés que je vous aime.

Que ce mouvement eft naturel dans
un cœur veritablement amoureux ! &
qu'il eft bien dans le caractere de Don

Pedre, violent, éperdu d'amour, & qui
ne connoiſſoit point d'autre loy que celle
que lui impoſoit l'ardeur de ſa paſſion.
Quel eſt l'homme qui feroit capable de
déſavoüer ſon attachement pour une
femme qui le merite, & dont il eſt ai-
mé, ſans croire manquer à ce qu'il
doit à ſa gloire! La raiſon qui le fait
cacher à l'Amante, eſt la même qui le
fait avoüer à l'Amant; l'honneur con-
traint l'une à ſe taire & force l'autre de
parler. Il ne faut donc avoir nulle con-
noiſſance des paſſions & des ſentimens
du cœur pour blâmer cet endroit.

Le Spectateur prend encore le chan-
ge, pour ne rien dire de pis, au moment que le Prince dit :

Je ſors ; mais je crains bien de revenir
coupable.

Il confond la Scene avec *L'à parté ;*
il ne veut pas concevoir que Don Pedre
ne dit ce vers qu'à lui-même, & qu'il
eſt ſûr que le Roy ne l'entends pas : li-
berté permiſe au Theâtre dans tous les
tems, & auſquelles le Public raiſonna-

ble fe prête aifément ; ainfi, il n'eft pas extraordinaire qu'Alphonfe n'ait pû prévenir la revolte du Prince.

Don Pedre force le Palais & vient pour arracher Inés des mains d'une Reine dont il redoute la fureur ; avec quelle ironie le Spéctateur parle t-il d'u- ne des plus belles fituations qu'on ait mife au Theâtre ! Inés qui vient de trembler pour les jours de tout ce qu'elle aime, raffurée de ce côté par fa prefence, n'ayant plus rien a craindre pour fa vie dans le combat, envifage alors la revolte du Prince comme le plus grand des malheurs ; & par un fenti- ment naturel aux femmes , elle croit que le repentir attirera le pardon , elle le preffe d'aller aux pieds du Roy, l'ob- tenir ou mourir, & pour l'y contrain- dre , elle refufe de fuïr , & veut eftre auprès d'Alphonfe un gage de fa foumiffion. La même grandeur d'ame, quoi que fondée fur un autre principe, agiffant dans le cœur de Conftance éloignée d'une jaloufie vulgaire, elle vient preffer Don Pedre de fuïr pour é- viter le couroux de fon Pere , & le Roy les surprend tous trois dans ce touchant entretien.

C'est encore dans cet endroit que le spectateur passionné se plaist à chercher de défauts pour nous cacher de veritables beautez. Don Alphonse, dit-il, commande à son fils de rendre son épée, mais il n'a garde de rapporter de quelle sorte il fait ce commandement.

Ce Roy fait entendre à Don Pedre, qu'il n'espere plus rien d'un fils qui s'est armé contre lui ; il lui dit d'achever son ouvrage, en lui perçant le sein, ou de rendre son épée. Le Prince plus effrayé de l'image du crime dont son pere le croit coupable, que du peril réel qu'il court en le desarmant, jette ce fer à ses pieds ! & malgré toute sa fureur, il prouve au Roy, par une obéïssance dont il étoit en pouvoir de se dispenser, le respect qu'il conserve pour lui. Il ajoûte à cette soumission la justification d'Inés ; il suplie le Roy de ne faire tomber que sur lui les effets de sa colere, & d'épargner une femme genereuse, qui n'a pas voulu fuir, pour lui fervir d'otage de fa fidelité. Cette priere ne faifant qu'irriter Alphonfe ; ce Prince amoureux & violent laiffe agir l'impetuofité de fon temperamment & de fon amour ; il protefte, il menace, & veut tout facrifier pour fa chere Inés. Figure bien vive & bien belle de ce que l'Hiftoire nous rapporte de lui ! cette Scene eft un des beaux morceaux que j'aye entendu, & les aplaudiffemens du public font foy de ce que j'avance.

Le Spectateur toûjours attentif à donner une tournure contraire au veritable fens de chaque chofe, condamne la rigueur d'Alphonfe, qui veut, dit-il, faire mourir fon fils, parce qu'il refufe d'époufer Conftance. Il feint d'ignorer que le motif fenfible de fa colere ne vient que du crime de s'être révolté, & d'avoir forcé le Palais ; s'il n'eût fait que refufer d'époufer Conftance, il n'eût point merité la mort ; ce qui eft bien vifible dans la Piece, puifqu'il n'eft parlé du fuplice qu'aprés la révolte ; la violence de Don Pedre n'en faifant plus un coupable domeftique, & le rendant criminel d'Eſtat; le Roy ſe trouve indiſpenſablement obligé d'aſſembler le Conſeil pour le juger. Cependant comme il ſçait que l'hymen de la Princeſſe de Caſtille eſt attendu & deſiré des peuples, & que le Prince en l'épouſant peut meriter ſa grace, la nature le porte à faire encore une tentative ſur l'eſprit de ce Prince altier; mais perſiſtant dans ſes refus, Alphonſe eſt forcé de prendre l'avis des Grands.

Le Spectateur cenſure les deux Conſeillers qui parlent, parce que chacun d'eux fait voir les raiſons ſecrettes qu'ils auroient de le perdre ou de l'abſoudre: Comme s'il eſtoit ſans exemple, que des Miniſtres zelez ayent mêlé dans le Conſeil de leur Roy des raiſons particulieres pour apuier, ou pour détruire des raiſons d'Eſtat: d'ailleurs, la difference de leurs avis forme un contraſte ſi noble & ſi plein de grandeur, qu'il auroit été fâcheux pour ceux qui ont des ſentimens, que Monſieur de la Motte n'eût pas fait cette Scene.

Le Prince eſt condamné, & rien ne

pouvoit fléchir un Roy qui fait ceder les loix de la nature à celles de l'Eſtat : Conſtance tendre & genereuſe a recours à ſa Rivale pour ſauver ce Prince.

C'eſt encore icy un ſujet d'ironie pour le critique Spectateur : Comme il ignore abſolument ce que c'eſt que ſentiment, il ne comprend pas qu'on puiſſe s'adreſſer à ſon ennemi pour ſauver la vie à ce qu'on aime.

Mais ſans nous attacher aux idées de cet Anonime, examinons la beauté de l'action de Conſtance ; elle ne peut rien d'elle - même : le Roy eſt aveuglé, la Reine eſt une barbare qui ne reſpire que la vengeance ; elle ne peut donc rien attendre que d'Inés, jugeant bien qu'une femme aimée au point qu'elle l'eſt, doit avoir eu toute la confiance de ſon amant, & qu'elle ſçait par conſequent les intrigues qu'il a, les amis qu'il s'eſt acquis, & les parti qu'il s'eſt fait en cas de neceſſité. Mais Inés priſonniere ne peut rien remuër, c'eſt ce qui la fait réſoudre à lui offrir ſon ſecours, le peril du Prince

étant trop preſſant pour rien mena-
ger.

Hé ! quel cœur genereux n'en feroit
pas autant que Conſtance ? Avec quel
ennemi, avec quel monſtre ne s'aſſo-
cieroit-on pas pour garantir les jours
de tout ce qu'on a de cher, quand on
croit qu'il en a le pouvoir ? Peut-
on être homme, & ne pas connoî-
tre un pareil ſentiment ? Inés qui s'eſt
toûjours flattée que le Roy ne con-
danneroit pas ſon fils, & que ce Prince
vivroit ſans qu'elle fûc obligée à decla-
rer ſon ſecret, voyant tout eſpoir per-
du, prend le parti de découvrir ſon
mariage ; puiſqu'il eſt ſûr qu'en a-
voüant cet hymen, elle merite ſeule
la mort, ſelon la loy établie dans tout
le cours de la Piece. Inés fait-elle
rien en cela qu'elle ne doive faire ? La
crainte de la mort doit-elle l'emporter
ſur l'horreur de voir perir un époux
qu'elle adore, & qui a tout ſacrifié
pour elle ? Elle obtient de parler au
Roy, elle avoüe ſon mariage ſecret,
elle fait voir que Don Pedre n'a rien
tenté que pour garantir ſa femme du

peril qu'elle court. Le Roy frémit à cet aveu; mais comme il se sent touché de l'effort magnanime d'Inés, il cherche à combattre la pitié & l'admiration qu'elle lui inspire, en s'exhalant en menaces. Inés animée par son amour & par un reste d'esperance qui n'abandonne jamais les malheureux, fait venir ses enfans, & les livre comme elle à la fureur d'Alphonse, pour sauver son époux.

Ces objets d'amour & de pitié desarment Alphonse, il avoit crû l'amour d'Inés, & de D. Pedre, une intrigue ordinaire, une flamme que peu de jours avoient fait naître, & que peu de jours pouvoient éteindre; mais il voit des enfans de six à sept ans, un hymen qui a dévancé de bien loin ces traitez, & qui étoit cimenté par ses précieux gages bien avant la guerre des Maures; il reconnoît alors que ce n'est point desobéissance ni opiniâtreté qui ont fait agir le Prince. Il voit un époux, un Pere, prêt à perir pour sauver une Epouse & des enfans si chers: & bien loin d'y avoir un crime consommé, comme le dit nôtre

Spectateur, il n'y voit que l'innocence & la vertu justifiée : ces tendres fruits d'un amour legitime lui dessillent les yeux, il connoît alors qu'il est le maistre de la loy ; & les enfans de son fils lui font sentir qu'il est Pere.

Effet ordinaire de la nature, que les vices ou les défauts de nos enfans, font quelque fois démentir, mais qui ne se dément jamais pour ce qui est sorti d'eux. Alphonse pardonne, il ratifie le mariage de son fils, & dans le moment qu'il doit être le plus heureux de tous les hommes, Inés meurt empoisonnée.

Voyez, Monsieur, avec quel art Monsieur de la Motte a traité son Sujet, & reconnoissez l'Histoire dans tous ses E-venemens ; l'Alliance proposée & refu-sée est veritable, l'Amour & l'Hymen d'Inés & de Don Pedre sont certains, l'Entrée du Prince dans le Palais, à main armée, est une image de sa révolte, dans l'Histoire; ses emportemens en sont une des violences dont elle l'accuse ; le Conseil est une figure de celui que Don Alphonse assembla : & la maniere dont Inés meurt, en est une de son massacre.

Pour

Pour nous ôter l'horreur de voir Alphonse confentir à ce meurtre, Monfieur de la Motte a eû l'adreffe de faire tomber notre haine fur un caractere oppofé en grandeur & en fentiment; fur une femme de qui le nom ne doit pas eftre auffi neceffaire à la pofterité, que celui d'un grand Roy dont on écrit jufqu'aux foibleffes.

Que nous ferions charmez fi Don Alphonfe eut poffedé effectivement les vertus que Mr de la Motte lui prête, & s'il n'eût pas terni l'éclat de fa vie par fon confentement au meurtre d'Inés.

Je vous ay fait voir, Monfieur , que l'Auteur nous a donné une image parfaite de l'Hiftoire ; n'y ayant ajoûté ou retranché, que felon que le Theatre le demandoit: Semblable à ces grandsPeintres qui fe fervent de couleurs plus ou moins vives pour embellir leurs Ouvrages. Ainfi, l'ordonnance de celui-ci ne peut revolter les gens d'efprit, comme le veut le Spectateur.

Pour moy, je ne vous ay point falcifié la piece, & vous n'aurez à me reprocher que de n'y avoir pas ajoûté un nombre infini de beaux vers, de belles penſées & d'admirables maximes, dónt toutes les Scenes ſont remplies & ſoute-nuës. Il n'y a perſonne qui ait lû & qui joigne le bon ſens au ſçavoir, qui n'admire la Tragedie d'Inés de Caſtro.

Le Spectateur s'acharne contre Monſieur de la Motte ſur un vers de Monſieur de Corneille qui ſe trouve dans Inés : Il ſemble [à l'entendre] que ce ſoit un crime de leze Majeſté ; il ne peut même ſouffrir que ce vers ait at-tiré des applaudiſſemens. Il devroit bien cependant lui faire l'honneur de croire qu'il n'a pas peché par ignorance & qu'il étoit bien capable de ſubſtituer un vers à la place d'un autre, s'il l'eut voulu

Si Monſieur de la Motte dans le cours d'un auſſi long ouvrage qu'une Trage-die, n'a pris qu'un ſeul vers à Monſieur de Corneille, & qu'il lui ſoit reproché avec tant d'aigreur ; que ne devroit-on point faire à ceux qui l'ont pillé entie-rement ? & qui pour ne donner au pu-blic qu'une ſeule Tragedie en leur vie, l'on formée de toutes celles de ce grand homme ?

Je n'entrerai point, comme le Specta-teur, dans le détail du jeu des Acteurs &

dés Actrices; leur merite est assez connu,
sans se mesler d'en faire sentir le fort ou
le foible. Il n'est point de bonne piece
qui ne soit le triomphe d'un bon Acteur :
plus son rolle lui prête , & plus il le fait
valoir.

Je ne m'ingereray point, non plus, de
faire l'Apologie de Monsieur Campis-
tron ; mais je trouve qu'il est des termes
dont on ne devroit jamais se servir, à
l'égard de gens qui comme lui, se sont
acquis l'estime de ce qu'il y a de plus
grand en France.

Je ne garderay pas une pareille mo-
deration sur ce que le Spectateur dit,
que le Parterre est une machine qui se
remuë plûtôt quand on la frape bienfort
que quand on la frappe avec justesse.

Le public generalement est interessé
dans ce discours outrageant & si peu
convenable au respect qui lui est dû.

Le Parterre est une assemblée d'hommes d'esprit de tout genre qui ne vont
aux spectacles, que pour voir, entendre,
& juger.

Ce qui lui plaist , plaist à tout le mon-
de ; ce qu'il condamne, est condamné
par tout, & ce n'est que le Parterre qui

fait réuffir ou tomber un Ouvrage de
Theâtre. Il feroit bien inutile à un Auteur de faire de belles chofes, & à un
Acteur d'eftre excellent, fi le Parterre
n'étoit qu'une machine; puifqu'il dé-
pendroit de fon caprice de trouver bon
ce qui eft mauvais, & mauvais ce qui
eft bon.

Puifque que le Spectateur avouë que
le Public n'eft pas fans difcerne-
ment; il doit convenir que le Parterre
qui fait une bonne partie de ce Public,
en a affez pour juger fainement. Sur ce
fondement Mr de la Motte a remporté
une gloire parfaite; puifque les applau-
diffemens ne fe font point démentis pour
Inés de Caftro, malgré les efforts de
gens intereffez à la détruire.

Il n'y a que ces fortes de perfonnes
qui peuvent dire que cette piece eft mal
écrite, & jamais Mr de la Motte ne
paffera pour avoir une mauvaife diction.
Sa Profe eft elegante & pure, fa Poëfie
énergique, noble & aifée: il n'a point
donné d Ouvrage au public qui ayent
eu un mauvais fuccès; les differens par-
tis qui fe forment dans la Republique
des Lettres, ne peuvent jamais faire

de tort à un homme, dont le merite eſt
ſi generalement reconnu en Poëme dra-
matique.

Les Maccabées, Romulus & Inés de
Caſtro ont trop bien établi ſa réputa-
tion, pour qu'il ait beſoin d'un deffen-
ſeur ; auſſi n'eſt-ce pas en cette qualité,
que je blâme les ſentimens du Spectateur

La verité ſeule m'oblige à parler : Na-
turellement amateur de ce qui eſt
beau, je ne puis ſouffrir qu'on le de-
chire, & que l'on décide avec paſſion.
Je vois toûjours avec chagrin que l'en-
vie & la jalouſie cherchent à obſcurcir
le vrai merite. Je n'ignore pourtant pas
que cela a été de tous les temps, que
cela ne ceſſera jamais d'être, & qu'il
eſt inutil de vouloir vaincre de tels ad-
verſaires : tout ce que l'on peut faire,
c'eſt de paſſer ſa vie à les combatre.

Je conclus donc, Monſieur, que les
Vers d'Inés ne ſont ni durs ni mal conſ-
truits ; que les expreſſions n'en ſont ni
louches, ni vicieuſes ; qu'elle eſt intereſ-
ſante du commencement juſqu'à la fin,
& que ne devant pas tout l'éclat de ſa
réuſſite à l'action des Acteurs, elle doit

être regardée comme excellente dans toutes ses parties. **FIN.**

APPROBATION.

JE soussigné M^e ès Arts en l'Université de Paris, ay lû par ordre de Monsieur le Lieutenant General de Police, un Manuscrit qui a pour titre, *Réponse à Mr. *** sur les Sentimens du Spectateur François, au sujet d'Inés de Castro, Tragedie de M. de la Motte,* dont on peut permettre l'Impression. A Paris ce 9. Aoust 1723.

PASSART.

VEU l'Approbation du Sieur Passart, Permis d'Imprimer. A Paris ce 10. Aoust 1723.

M. P. DE VOYER D'ARGENSON.

Regîstré sur le Livre de la Communauté des Libraires & Imprimeurs de Paris, N° 1129, conformément aux Reglemens, & nottamment à l'Arrest de la Cour du Parlement du 3 Decembre 1705. A Paris le 18 Aou 1723.

BALLARD, Syndic.